사랑은 주소 없이도
영원히 갈 집이다

시와소금 시인선 · 143

사랑은 주소 없이도
영원히 갈 집이다

문희숙 시조집

시와소금

▌문희숙 약력

• 경남 밀양시 삼랑진 출생.
• 국립 창원대학교 국문과 및 동 대학원 석사 졸업.
• 1996년 중앙일보 지상 백일장 등단.
• 시집으로『짧은 밤 이야기』『둥근 그림자의 춤』가 있음.
• 공저로『길 위의 길』외 연구서 1권.
• 오늘의시조회의 젊은시인상, 통영문학상, 열린시학상, 시조시학상 등 수상.
• 전자주소 : moredeng@hanmail.net
• 전화 : 010-3808-0378

세상일의 70%가 운명이라 한다면
사실은 게을리 살아도
사는 데 지장은 크게 없을 것이다
대체로 운명대로 될 것이므로…

그러나 나는
그런 진부한 결정론에 동의하지 못한다

내 앞에 내리던 눈, 비와
충분히 쓸쓸했던 햇빛에 대한 고마움으로
간혹 물집 난 발톱을 갈아 끼우며
내 배를 끌고 언덕을 오른다

변함없이 곁이 되어준 인연들에게
세 번째 시집의 서언에
따뜻한 사랑의 인사를 올린다

2022년 6월
문희숙

| 차례 |

| 시인의 말 |

제1부

제2부

제3부

제4부

제 1 부

석경石鏡

저를 닦아, 맑은 거울 되고 싶은 돌이 있다

바람에 길들지 않는 찬 붓 하나 들고

돌 귀를 빗질하면서 너는 참 따뜻했다

• 작가 노트

사람마다 타고난 무의식이 원하는 꿈같은 게 있다.
무엇인가 되려는 잠재된 꿈은 일생을 거기로 데려간다.
작은 돌에게도 그런 무의식의 중력이 있어 모나고 물때 낀 저를
닦아 설레이며 스스로를 들여다볼 거울이 되고 싶은 것이다.
구르면서 생이 따뜻해지는 돌, 돌도 숨은 꿈을 향해 모난 제 구석을
늘 다듬는다.

귀가
— 샹그릴라

새들은 드높은 바람 속에 집을 짓고
나는 노을너머 두고 온 집으로 간다
저녁을 피워 올리며 네가 날 기다리는 곳

등짝에 우물 메고 그 우물 비우면서
호랑이 산곡 지나 나를 넘어야 닿는 곳
사랑은 주소 없이도 영원히 갈 집이다

• 작가 노트

집은 궁극의 그리움이다. 그곳은 '해와 달'의 민화처럼 고통의 골짜기에서 우릴 기다리는 피하고 싶은 호랑이라는 부조리가 있다 윈난성 설산 사이, 호랑이가 뛰어 넘나들었다는 호도협 협곡을 지나 샹그릴라로 가던 날 나는 또 얼마나 더 남은 호랑이를 만나야 하며 집에 닿기 위해서는 더 지불할 무엇을 가졌는지 생각했다.

마음이 아는 집, 주소 없이도 닿을 수 있는 사랑의 집으로 들기 위해 내 앞의 생에는 얼마나 깊은 협곡과 높은 산들과 위험한 호랑이가 있을지 모른다 그래도 또 가고 갈 것이다. 거기 네가 있으므로….

미완

사과 먹은 엄마가 나를 반 만 낳았다
반쪽 황무지에서 반으로 접힌 내가
그리운 오두막집을 슬쩍 그려 보았다

나는 외눈박이 꽃 해가 뜨고 질 동안
마을의 수용소에서 자화상을 그린다
깨끗한 휘발유처럼 타오르던 한때를

메뚜기 쳐다보듯 뱀이 나를 보았을 때
뱀은 이미 술래였고 나는 독 안에 든 새
에덴의 동굴이었고 나는 아직 반이다

• 작가 노트

이브가 금단의 열매를 취하면서 인간은 원죄의 유전자를 지니게 된다고 성경은 말한다. 한 세계는 그로 인해 반쪽의 결핍을 안고 살게 되었단다. 본래의 집, 내가 끊임없이 그리워하며 닿고자 하는 그곳은 이를테면 잃어버린 낙원의 집일 것이다.

그에 따라 인간은 원하지 않았지만 선천적으로 미완의 존재로 다들 태어나 살고 있을 뿐이다. 이런 부족한 존재인 채로 본래의 자신을 복구하기 위해, 태어난 세계 안에서 삶이 모두 소진되는 날까지 매일 노력하며 산다. 유혹의 상징이자 지혜의 상징인 뱀의 메타포는 곳곳에 망을 치고 우릴 부른다.

사는 날이 다할 때까지 이 굴레 안에서, 이 동굴 속에서 우리는 반쪽인 미완의 존재로서 오늘을 애타게 살고 있다.

아리랑 고흐의 집

노을 속 구름 강에
아리랑 랑 배 띄울까

붉은 넝마 태우며
넘어야 할 저 먼 집

다 낡은 구두에 담긴
시간이 말랑했네

화병에 해바라기
고집 꺾어 담았네

가장 어여쁜 관을
피워내는 꽃들은

아라리, 낮은 바닥이
늘 편안한 집이네

• 작가 노트

초라했지만 젊은 날 한때는 열정도 치기도 있었다. 그럼에도 상식이 받들어주지 않는 아리랑 고개를 넘어가듯 생의 강을 저어가는 일은 숨이 멎는 날까지 내가 가진 모든 것들의 소진을 요구하기도 한다.

그러나 살아갈수록 삶은 고흐의 낡은 구두처럼 익숙해서 오히려 어려움도 어려운 줄 잊고 살 수도 있다. 정답이 없는 삶 속에서 타성에 길들여지지 않고 내 길을 갈 때 크고 작은 실패와 좌절이 있는 날도 많다만 그러나 해바라기처럼 절망 속에서 바닥의 얼굴을 보고 일어선 삶의 꽃은 어여쁠 수밖에 없다 바닥을 가본 자는 그 꽃의 향기가 얼마나 높고 소중한 줄 알기 때문이다.

낡아서 더 따뜻하게 빛나는 고흐의 구두를 오늘 떠올린다.

풀밭 위의 삽화

문밖엔 유행가와 농담이 뒹굴었다
뭉툭한 댓돌 위엔 길과 길의 화석들
오후의 라디오에선 백일홍 피는 소리

폐허와 폐허가 동거하는 나른한 집
저녁을 쓸어내던 몽땅한 빗자루만
일몰의 그물에 기대 반눈 뜬 채 졸았다

늘어진 벽시계도 사월에 녹아 있다
봄비에 눈을 뜨는 가죽나무 새순 너머
까치가 졸고 있는 집 풀밭 위에 누운 집

• 작가 노트

번다한 바깥세상과는 달리 아무도 없는 오래된 집에는 뭉툭해진 댓돌이 옛 발자국들을 품고 있다. 그런 짧은 생의 시간이 한 철 화려히 피고 지는 백일홍으로 대비된다.

누구도 벗어날 수 없는 일몰의 시간에 대한 진술과 일몰로 가는 시간이 봄을 맞이하지만 반가운 이는 오지도 않을 에견된 빈집엔 까치만 지저귄다. 무성한 옷풀에 둘러싸여 무너져가는, 언젠가는 한 가족의 둥지였던 폐가와 폐허의 흔적을 속절없이 바라보며 누군가의 생이 비어가고 떠나갈 때를 생각을 해본다.

즐거운 집

해골의 골짜기에 빨갛게 태어난 새
새는 시지프스의 발등에 집 지었다
가지 몇 진흙 한 줌이 전부인 세간살이

허공을 뒹굴었던 울음을 훔쳐내며
긴 겨울 미끄러운 하루가 꿈꾸는 집
초승달 가슴에 앉아 모닥불 피우는 집

• 작가 노트

　반복되는 일상이 삶이라 해도 우리는 빈 몸으로 이 세상에 와서 가지 몇 진흙 한 줌이 전부라 해도 그 가난이 둥지를 유지하는 건 얼마나 경이로운 축복인지 모른다.
　가진 것 몇 없이도 나름 꿈을 꾸며 하루하루를 꾸려간다. 이상과 현실은 서로 엇갈리거나 미끄러지지만 그래도 우리는 환한 꿈 하나 초승달처럼 품고 길러나간다. 그것이 오늘보다 더 나은 내일의 내가 되려는 실존적인 몸부림이지 않을까?

아무것도 아닌 것들을 위하여

영원이란 비밀의 집으로 들기 위해
눈발은 우거진 변명들을 지우고
뜨겁던 이정표마저 하얗게 삭제한다

긴장한 지도처럼 팽팽한 화면 저쪽
소복소복 여백에 둘러앉은 새 떼들
얼음 속 경계를 버린 강물 소리 듣는다

• **작가 노트**

우리가 왔던 곳을 기억할 순 없으나 우리가 왔던 곳으로 되돌아가게
된다면 이곳에서 살며 누렸던 인기도 명예도, 존재를 힘들게 한 높은
목표들도 모두 잊게 되리라.
길을 잘못 들까 조이던 긴장도 비우고 자신의 길을 멀리 저쪽까지
넓혀 바라본다면 어떨까?
차갑거나 뜨겁던 이 세상일들에 대한 시시비비를 잊고 삶이 결국
흘러가야 할 그곳의 소리를 듣게 될지도….

불면에 관한 기록

잠이 없는 그녀의 자궁은 불임 중이다
꿈을 잉태할 수 없는 황막한 일상만이
물가를 어슬렁거리는 빈 병처럼 떠돈다

잠을 주문할수록 꿈은 더욱 묘연하다
꿈이 표백되면서 지워져 가는 그녀
삼도천, 타는 강물에 십이월이 떠간다

• **작가 노트**

잘 쉰다는 것, 잘 논다는 것은 더 생산적이고 창의적일 수 있다.
그러나 깬 것도 자는 것도 아닌 삶은 형벌이다.
그렇다고 억지로 깨어서 설치거나 목표를 이루려고 버둥거린다면
목표든 꿈이든 더욱 멀어진다. 1회성인 삶은 그렇게 흐지부지한
가운데 분명하고도 단호한 죽음의 달력에 적힌 대로 쓸려 가버릴
것이다.
어떤 날은 잠이 오지 않는다. 산 것도 그렇다고 죽은 것도
아닌, 꿈도 생시도 아닌 삶이 가끔 있다.

백지

그림도 얼룩도 아닌 백지 위 번진 물감
세계는 그런 내게 꽃다움을 입혔지만
무엇도 되지 못한 건 내가 내게 준 선물

• 작가 노트

아무것도 되지 못한 건 무엇이든 될 수 있다는 전제다 나는
누구인지, 나는 무엇을 해야 나를 완성할 것인지, 이런 물음 앞에서는
딱히 생각나는 대답이 없다.

세계와 사회의 구조 속에서 나는 보편적인 인간의 규범대로
습속대로 따라왔다. 그래야만 꽃다운 인간이 될 것이라 믿었다. 그러나
들여다보면 나는 아직 그 무엇도 아무도 아닌 채 나를 지어가는
중이다. 언제나 그리고 언제까지나….

흙에게

사랑아, 나는 한 잔 무지갯빛 칵테일
변덕스런 신만이 가진 레시피로 빚어낸
만 조각 거울 속에선 내가 나의 술래지

사랑아, 나는 태양에 묶인 작은 벌새
상해 갈 생을 위해 미친 날개 허공에 매단
가벼운 하루를 위해 눈물마저 말린 새

계절은 유령처럼 사라지지만, 사랑아
유적지 이 빠진 흙사발의 고집도
또 한 줌 흙더미 되어 저 물에 쓸릴테지만,

• 작가 노트

모든 존재는 같은 흙으로 왔으나 각자 유일무이하다. 그런 가운데
복잡한 개성도 가졌다. 그것은 나를 만든 신이 즐기는 기술적 유희라
본다. 게다가 나 또한 나 자신과 늘 숨바꼭질을 한다. 쉽고 편한 것과
진중하고 공익이 되는 선택의 연속선상에서….

인간은 하루에도 30번 이상의 자아를 드러낸다. 이는 뇌와 정신,
심리를 연구한 과학자들이 분석한 보고이다. 왜 이렇게 인간은
불완전하고 불안한 실체를 품고 있는지, 사라져갈 생애이지만 그 생을
처절하리만치 열심히 살아내는 벌새가 오브랩 된다. 울음조차 참고
삼키며….

이룬 것도 없는데 계절은 쉽게 지난다. 우린 이 세상이 우리의
유적지다. 유적지 흙사발 같은 우린 깨지고 금이 가면서도 자신의
본모습과 프라이드를 잃지 않으려 애쓰지만 우린 결국 시간과 역사의
강물에 합류될 존재일 뿐이다.

그러니 사랑아, 이런 삶 속에서 우리가 어찌 사랑을 놓을 수가
있는가?

경로徑路 의존증

익숙해진 불편이
내 것인 줄 알았네

내 젊음 덮어놓고
자욱하던 안개 길

그 슬픔 몸에 익어서
아프단 거 몰랐네

• 작가 노트

오래전부터 내비게이션이 있어서 가는 길을 몰라도 목적지에 닿을수 있다. 그렇게 생활면서 우린 거기에 적합하게 길들여졌다. 이제는모두 길치가 되었어도 길을 모르는데 대한 불편이 없다. 내가 가는길은 기계가 알고 기계가 지시하는 대로 가기만 하면 돌아서 가든위험한 코스를 경유하건 목적지에 닿을 가능성이 있기 때문이다.

타성에 길들여진 쉬운 선택의 연속 안에서 사냥꾼의 후예이며 삶을사냥하는 자로서 인간의 의지와 예리한 감각은 둔화되고 퇴화 될 수도있게 되었다. 안개 속을 헤치며 낯선 곳으로 여행하던 때가 있다. 생은때때로 기계적 판단이 아니라 감각과 자각에 따른 선택을 해야 할 때가많다. 세상이나 물질의 규정에 길들지 않는 인간의 감성을 돌아보며자발적으로 모든 문제를 해결하며 살던 때가 생각이 난다.

저울 위의 시간

내 꿈은 잃어버린 곳에 가 닿는 것
기억을 불러보면 머나먼 어머니 몸
깊숙이 가라앉은 날개 햇빛을 물고 있다

덜어내도 반복되는 그리움의 무게 너머
이 터널 등불 끝에 출구는 있으리라
꽃소금 절인 희망의 속껍질에 써 본다

시간은 늙은 길의 표지판을 바꾸면서
추상적인 내일이 오늘을 변절하거나
오늘이 어제로 표절될 예감을 방기한다

몸이 없는 시간은 권태에서 도망친다
구름인 그가 나를 번개처럼 스쳐가고
일찍이 제로인 나는 늘 탈출이 서툴다

자동출입 문을 가진 나는 비밀이 없어
그는 매일, 나를 엮고 주무르고 자른다
붙이고 조립을 하며 자장가를 부른다

오, 생의 해변 저기 항구를 가리킨 그는

봄바람에 펄럭이는 꽃치마를 입히거나
전라의 검은 내 몸에 가로등을 매단다

하수로에 달라붙은 미나리 날개 사이
가지 못한 길의 허밍 저울위에 놓는다
저울이 그네를 탄다 나는 아직 길이다

• 작가 노트

　가끔 생각한다. 인간의 행복도 수명도 정해진 총량이 있다고 목숨도
사실은 내 것이 아니라고.
　그러므로 나는 완전했던 생명 이전의 세계로 가고 싶은 꿈은 꾼다.
그것은 현실이 초라하거나 지겨울 때 특히 머나먼 기억 너머를
더듬는다. 그곳이 내 본향이자 내 어머니의 품이라고 상상한다. 또는
이런 생각조차도 지겹다.
　시간이란 관념이며 나를 지배하는 보이지 않는 관념에 꽤어 나는
매일 저울질 당한다. 얼마만큼 잘 혹은 못살았나 나는 헤맨다. 이
저울의 출구를 벗어날 수 있기를 희망하며 매일 나를 단련한다. 이곳을
나가야하기 때문에 이 저울 위의 길에서.

사냥꾼의 달력

사랑아, 나는 이제 내 안의 모든 네게
비대해진 슬픔을 쏘는 차가운 활을 주겠다
거울 속 황량한 잠의 너를 차례로 불러내어

마른 이끼 속으로 우리가 스며들 때
싸늘한 네 정수리 황금빛 나비 날개
더없이 가벼워진 우린 숲을 날아 오르리

벽에 걸린 마른 꽃, 검붉은 못이여 안녕
노란 상처 푸른 멍의 꽃밭이여 너도 안녕
공허의 방부제에 취한 구두여 모두 안녕

별 하나에 등을 기댄 내 모든 너와 함께
수렵의 산을 넘는 기차를 나란히 타면
강물은 파란 숨결로 저 고원에 닿으리

사랑아, 내 활이 가는 곳은 네 깊은 잠
녹슨 잎에 구르는 고독한 심장의 주인
잊었던 기억을 쏘는 나는 해와 달의 사냥꾼

노련한 늙은 산맥의 수염이여 폭포여 안녕
집어등이 불타는 도시, 네온이여 너도 안녕
화로에 구름을 굽던 신델라여 안녕히

• **시작 노트**

의식이 깨어 있다는 건 내가 가진 많은 정체성을 들여다보는 것이다. 살아가는 동안 공부한 것 중에는 상처를 통과하면서 얻게 되는 결과가 많다. 공허한 희망을 놓지 못한 채 가고 또 가던 일들, 그런 모든 과정이 내 삶을 스스로 구원하기 위한 몸짓 아니겠나 싶다.

나는 내 생명을 다해 이성과 감성을 지키는 삶을 찾으려 한다. 어디에서건 무엇에서건 나는 찾고 배우며 산다. 그건 내게 있어서는 삶을 사냥하는 생존에 다름 아니다. 그리고 그 모두에 대해 안녕이란 말로 따뜻한 감사도 잊지 않는다.

위로

푸른 사과 속에서 시간이 익어간다

한 세계는 떨어져 썩으면서 향이 된다

향기는 생이 도달할 완전한 마침표다

• 작가 노트

인간의 삶은 매일이 혁명과 같다 하나의 사과와 같이 하나의
소우주인 인간은 매일 성숙해져 간다. 성숙한 인간에게선 그만의
향기가 있다 늙어가는 일은 떨어지는 것만이 아니다. 더 인간적인
완성을 추구하는 구도의 행위이다.
　그 길 끝에 인생의 각고가 빚은 아름답고 완전한 마침표가 향기롭게
있다. 진부하다 해도 이런 생각을 재차 하면서 스스로를 위로해본다.

제 **2** 부

빗방울

폭우에 어린 새와 둥지가 떨어졌다
빨간 날갯죽지가 힘을 다해 펼쳐져있다
둥지는 벼랑을 숨긴 미로 속의 집이다

• 작가 노트

여행에서 돌아오면 오두막이라도 내 집만큼 편한 데가 없다. 그러나 우리가 가진 집은 참으로 허술해서 집이 안전하지만 집이 흉기가 될 때도 있다. 폭우에 시달린 나무가 둥지를 놓아버렸다. 마침 그 안에 새끼가 있었고 날지 못할 만큼 작아서 둥지째 마당에 떨어졌다.

안전과 위험이 함께하는 것이 집의 아이러니이다. 많은 가정이 해체되고 아이들이 위험 속에 방치되며 악순환으로 위험 사회가 되고 있다. 쉽게 해결될 안전망도 여의치 않다. 새를 땅에 묻는 일이 일어난 날은 내 마음에는 갈피 없는 빗방울이 떨어진다.

뒷문 밖에는
— 모래등에서

그 모래언덕 위엔 길을 멈춘 수레가 있다
침묵의 심장을 두드리는 햇빛만이
메마른 나무 바퀴에 붉은 귀로 앉았다

기억이 재가 되어 바람에 흩어져도
홰를 치는 낮닭처럼 백일홍 꽃만 피고
뒷문 밖 낭하를 깁는 슬픈 거미 한 마리

사막을 떠돌아다닌 적이 있다. 사하라, 이집트, 이란, 중앙아시아, 그리고 고비사막들이다. 사막은 울기도 하고 변하기도 하며 사막의 생을 만든다. 이 시를 쓴 곳은 아름다운 고비사막에서다. 멀리 오아시스가 보이는 고비의 모래언덕에 누군가 끌다 버리고 간 메마른 나무 수레가 덩그러니 놓여 있었다. 짙은 햇빛과 팽팽한 침묵 속에 사리처럼 놓여 있는 수레엔 절대고독만이 가득 실려있었다.

화무는 십일홍이라 했던가? 내 온몸에 돋아나는 백일홍의 허무가 엄습했다. 길디긴 생의 주랑 끝에 매달린 거미줄 너머로 사막 한가운데에서….

이름이라는 주문

거울 속 바위틈에 나무 하나 서 있다
펄럭이는 문패가 얼거나 단풍 들며
새들이 휘파람 불어 석양을 몰고 오는

녹을 줄 알면서도 눈사람을 만들 듯
굳은살 핀 저울과 나침반에 기대어
안개와 숨이 차도록 달리거나 기면서

짐승 몇 지나간 뒤 가죽을 남길 동안
나무는 세상에서 가장 짧은 주문으로
거울 속 깊은 하늘에 제 이름을 놓는다

• 시작 노트

남이 불러주는 내 이름은 나이며 내 자존심이며 내 사회적 라벨이다. 이름을 걸고 사는 게 쉬운 일이 아니지만 이름은 주문처럼 나를 이끌어간다. 거울을 보면 수수 많은 내가 하나의 이름으로 서 있다. 수많은 감정과 재능과 성품이 매일 나를 규정하고 성숙시켜간다.

내 이름은 날마다 서서히 익어가야 한다. 이름의 마법은 내가 내게 건 것이 아니라 타자에 의에 걸린 마법이다.

우린 이름값을 하려고 무의식중에도 애쓰는 존재이다. 가문이라는 말도 결국 이름에 대한 전략적 집단 무의식 아닌가!

일몰

오랜 입구를 향해 그가 흙을 끌어내린다
흙을 향해 터벅터벅 모두가 내려간다
어둠에 고삐 맨 마차를 타야 할 신부로서

내 넝마의 가을도 등고선을 넘었다
한 켤레의 유혹과 혼돈이 스쳐 가고
노을이 헤엄쳐 온다 나는 곧 맨발이다

• 시작 노트

일몰이 몰려오면 나는 집으로 깃들 것이다. 내 몸은 흙에서 왔으니 흙이 되고 흙더미와 함께 먼지로 흩날릴 것이다. 영원히 산 사람은 본 적 없으니 우리 유한한 일생을 가졌을 뿐 언제라도 어둠의 마차에 올라야 할 존재들이다.

남루한 내 생애도 어느덧 가을을 향했다 모든 발걸음이 밝고 환한 길로 향하진 못했으니 유혹도 혼돈도 내 생애의 가지들이다. 생이 다하는 그 끝엔 결국 나는 맨발이며 그 맨발조차 버릴 것이다. 생은 그래서 애잔하다 그래서….

분재나무 미인대회

전족을 한 여자들 화분 위에 앉았다
굽 높은 구두 신고 잔도에서 부은 발
꼿꼿이 생의 모반을 마주하고 있었다

영하의 하늘 아래 새파란 눈 뿌리고
단단한 쇠줄에 고인 한 뼘 흙 속에는
어두운 생채기들이 먼 길을 바라본다

피사에선 사탑이 하루만큼 기울고
꽃핀 적벽 앞에는 꼬부라진 감옥들
정원의 미학을 위해 그물 속에 묶였다

• 작가 노트

힘의 논리가 상당히 통하는 사회에서는 힘이 곧 원칙이자 일반적
상식이 된다. 이는 자연에도 적용되어서 일부의 원사들은 식물을 두고
사람의 눈을 즐겁게 하기 위해 트릭을 부린다.

밤새 나무에 불 켜두기나 나무의 성장을 억지로 막거나 성장 흐름을
꺾어 장애식물로 만들고는 관상용으로 두거나 매매한다.

자연에 대한 생각을 해본다. 본연대로 두는 것 우린 자연이 만든
것보다 더 훌륭하게 생명을 창조할 수 없다는 것, 식물이든 동물이든
인간의 손이 덜 갔으면 한다.

인간의 손에는 독이 묻은 것 같다. 자연대로 좀 그냥 두면 좋겠다.

미명

봄볕을 두드리며 구령하는 바람 소리
웅크린 고목마저 붉은 꽃물 드는데
내 찻잔 저작 년 봄만 얼룩으로 고였다

먼지 묻은 가방도 신발도 지쳐간다
닫혀진 국경선은 새들만 넘나들 뿐
쭈글한 시간을 켜고 나는 지도를 본다

바람은 물고기처럼 오선지를 흘러와
두릅으로 묶여서 잠든 길을 불러 봐도
매화차 싱거운 봄날 병풍산이 드높다

코로나 팬데믹이 3년째 길을 막는다.

갈 데는 많으나 갈 수가 없다.

봄이 와서 봄바람에 뼈 쑤시는데 국경선들은 아직 대부분 닫혀있다.

자꾸 바람만 가슴에 몰아치는데 오래 묶인 길들은 열릴 가능성이 묘연하다.

싱겁고 답답한 마음에 차를 따른다.

사람마다 넘을 산이 많고 높은 시절이다.

다시 떠나고 싶다.

너무 오래 머물렀다.

사리 숲에서

파도가 경전을 읽는 바닷가 모래사원

뽀족했던 시간과 모난 돌의 회한들

모래 속 골방에 묻고 누더기를 닦는다

오늘 발명했던 꿈 그물 속의 관계들

마지막 하루인 듯 장미꽃을 모으던* 삶

짠 물에 무릎 숙이며 둥근 사리 깎는다

* 로버트 헤릭

• 작가 노트

거대한 지구라는 오지에서 많이 살아냈다. 젊은 날에는 젊음이
하나의 명예라 여겼던지 치기도 부리고 고집도 세웠다.

오늘 앞에 이르러 생각이 든다. 그러했을진대 낡아가는 인생의
남루함만 느껴짐을….

언제나 꿈과 꿈이 만나 왁자했던 때에도 첫사랑인 듯 소중했던
사람들과의 꽃 피고 지던 날들에 이제는 더 몸을 낮추며 둥글게
둥글게 부드럽고 성숙한 어른이 되고 싶다.

기술적인 너무나 기계적인

쉰세 개 손가락이 천여 곡을 연주할 동안
누구도 테오*가 로봇인 걸 모른다
우리가 리모컨 속에서 아무개로 살 동안

상자 속에 앉아서 크레인을 기다렸다
거대한 손가락에 인형처럼 뽑혀나가
귀 밝은 풀씨로 나서 바람피리 불텐데

돈황의 토막 부근 천수천안 관음 앞에
범종의 관절들이 혼을 우려 종을 칠 때
천 개의 심장 소리에 나는 나를 만날까

로봇 테오와 인간 피아니스트가 연주 대결을 할 동안 듣는 이는 아무도 테오의 정체를 눈치채지 못했다.

우리가 리모컨이라는 기계에 습관처럼 종속되어 살 동안 기계는 밀도

높게 발전하여 인간을 능가할 기술을 구사하고 있다.

나는 내 삶의 테두리 안에 갇혀 지냈다.

이런 매몰된 일상에서 뽑기 인형처럼 바깥으로 훌쩍 뽑혀 나간다면 작은 풀로서라도 세상의 바람 따라 온몸으로 풀피리를 불 수 있을 것 같다.

돈황 사막 토막에도 천 개의 눈과 천 개의 손을 가진 관음 앞에 참 자신이 어디에 있는지 누구인지 종소리에 깨어보고자 나그네는 귀를 연다. 누구도 관여하지 않은 순수한 나를 나는 진정 만날 수 있을까?

마른 꽃

갈비뼈가 갈비뼈로 성근 집을 지었다
삼월의 울타리에 봄비가 축을 낼 때
뿌리도 내린 적 없는 집 깃발부터 올렸다

지상엔 빨강노랑 금줄들이 나부끼고
돋아나는 구름을 줍다 굽은 허리처럼
휘어진 포물선 길에 엉거주춤 돋은 잎

그립다고 제대로 말 할 줄도 모르는데
그래 모든 처음은 수줍고 애잔한 걸
어디서 날아든 꽃잎 서랍 속에 잠든다

누군가는 누군가를 낳고 엉성한 가계는 가열 차게 집을 꾸렸다.
봄인 줄 알고 희망의 촉을 세우며 즐거운 깃발을 나부꼈다.

상식 밖의 금기는 폭력이다. 그런 금기와 싸우는 허망한 날을 허리
휘도록 반복하다 보면 모두가 휘어진 길을 가는 가운데 오히려 나는
생뚱하고 미약한 존재로 인식된다.

어떤 세상이 그립다. 첫사랑 같은 세상, 부끄러움을 알고 연민을
아는 세상, 우린 어디서 와서 떨어진 꽃잎처럼 저 관속에 잠들게 되는
걸까?

화양연화花洋年華에 부치다

색이 바랜 먼 편지
꽃잎으로 말라서
내 마음 속 갈피에
개울 하나 놓는다
짧은 밤 안 보이는 별이
다리 위에 뜨듯이

길은 눈에 막히고
전등 꺼진 역에는
진주행 기차를 놓친
거울 속의 바람이
갈라진 손톱 사이로
흰장미를 떨군다

접시에 불을 놓아
눈물을 비춰보던
구름 깊은 호리병

그 눈길 언저리쯤
낮닭의 마른 울음에
백일홍이 또 진다

• **작가 노트**

간간히 그때가 그립다.
설레이던 날들….
사소한 일에도 웃음이 넘치던 날들….

햇빛 속에서 그저 빛나던 풀잎, 초록했던 너와 함께였던 젊은 그
모든 순간이 그립다.

제로 세대

늙은 나무 등허리 바람에 금이 날 때
푸른 이끼 올라앉아 잔등에 집 짓더니
젖은 채 그늘을 안고 살찐 탑이 되었다

죽음을 두들겨서 삶을 얹은 나무들
무지갯빛 네온이 헤엄치는 숲에는
눈비도 길을 터놓고 폭포를 따루었다

단물 빠진 껌처럼 옛날은 녹이 슬어
궁색한 옛꿈들 가지런히 개어놓고
오늘과 내일 사이에 시냇물 쭉 그었다

세대 갈등이 OECD 1위인 나라에 산다. 베이비붐 세대는 여기저기서 들려나와 제로 세대가 되고 있다.

가끔은 쓸모가 있다고 푸른 이끼나 올라타서 기생하는 숙주 같은 존재가 되어주기도 한다. 자본이 판치는 네온의 도시 숲에서 세상은 폭포처럼 빠르게 흐르고 있다.

낀 세대라고도 하는 단물 빠진 껌 같은 우리 제로 세대가 좀 힘 났으면 좋겠다. 큰 강물은 아니라도 쭉쭉 시냇물이라도 우리만의 새 역사를 만들었으면 좋겠다.

겨울 야상곡

한 번 떠난 바람은 다시 오지 않았네
얽힌 나뭇가지에 부리 묻고 누인 날개
느슨한 활처럼 나는 게으르고 위험했네

어제와 오늘과 내일이 한통속으로
머리가 꽃밭*이네 유행가네 진창이네
문간엔 수북한 날들 갈 데 없는 그 겨울

쓸쓸한 뒤통수는 일몰에 붙잡혔네
넝마 같은 이불 위로 조금씩 새는 지붕
빗소리 무릎 젖는 밤 목이 탔네 도무지

• 작가 노트

누구나 생의 겨울은 있게 마련이다. 그러나 그 겨울에 갇혀있을 땐 혼자만 그런 것 같다.

어떤 알 수 없는 인연으로 얽힌 관계로 하나의 규범과 환경과 공간 속에서 살아가지만 인간은 선천적으로 자유라는 DNA를 가졌기에 주어진 환경을 수동으로 받아들이며 사는 건 고통이다.

인간은 행복하려고 태어났을까, 그런 생각을 하다가 나이가 한껏 들고 말았다 별 다를 것 없는 하루들과 충분치 못한 위안들로 삶에 대한 열정은 새어나가기도 한다.

인생의 겨울에는 누구나 슬픔으로 목이 타는 때가 있다.

잠자는 미미

나는 아직 잠에서
깨어난 적 없었다
빨랫줄에 떨어진
새소리 곱게 말라
노을빛 벽돌을 타고
구름 피는 한나절

머리와 가슴이 서로
미지근한 방에 누워
잡담을 피우거나
꿈길도 걸어보는
오, 나는 푸른 화병에 꽂힌
붉은 잠의 백일홍

때때로 한눈을 파는
그 눈꺼풀 아래서만
잠을 벗는 흰 누에
액자 속의 흰 사과

한 번도 깬 적이 없는

긴 잠을 호호 불며,

• 작가 노트

나는 내가 살고 있는 이 삶을 삶이라고 말하기 싫다. 나는 꿈꾸는 중이라고 아직 나는 깨지 못한 채 꿈꾸는 중이라고 말하고 싶다. 정갈한 꿈속도 고만하지만 사실은 자유를 갈망한다.

꿈속의 모두가 벽에 갇힌 한 조각 구름일지라도 꿈에서도 꿈을 꾸며 희망마저 가져본다. 나는 그저 누군가 이 땅에 내 생애를 피워놓은 짧은 생애의 백일몽에 갇힌 한 송이 꽃일지도 모른다. 이 잠을 이 꿈을 벗으면 나는 나비로 태어날까?

깨끗한 한 세계에서 긴 잠을 깨어나서….

풀 뽑기

막연한 희망의 모자를 둘러쓰고
봄볕에 돋아나는 잡풀을 뽑는 그녀
상념과 한솥밥 먹는 일상이 머쓱한 날

• 작가 노트

우리는 상황이 급박해질수록 막연한 희망에 더욱 기대게 된다.
이런저런 일들은 인생을 이루는 퍼즐 조각이다.
 잡풀 같은 상념 속의 시간도, 꽃같이 향기로운 시간도 모두 삶의
일부이다. 그러므로 버릴 것이 있겠냐만 굳이 우린 솎아 내야만 할
무엇이 불편 불안한 것일까?

제 3 부

아무것도 아닌 것들을 위하여

영원이란 비밀의 집으로 들기 위해
눈발은 우거진 변명들을 지우고
뜨겁던 이정표마저 하얗게 삭제한다

긴장한 지도처럼 팽팽한 화면 저 쪽
소복소복 여백에 둘러앉은 새떼들
얼음 속 경계를 버린 강물 소리 듣는다

• **작가 노트**

우리가 눈처럼 하얘질 수 있다면 또 우리가 눈발처럼 타인을 순백의
순수한 상태로 이끌 수 있다면 우리는 영원의 세계로 갈 수 있을까?
눈을 보면 팽팽했던 경쟁도 긴장도 시시비비하던 마음도 사라지고
단지 사라짐의 미학에 빠져 자연의 평화를 실컷 즐기게 된다.

공곳이* 소묘

남해바다 행상들
세간살이 씻는다

구르고 부딪히고
깨지고 닳으면서

오래된 해변의 가계
희고 검은 건반들

크고 작은 습기 모여
소리탑 쌓아간다

돌 하나에 악보 한 줄
돌 하나에 악기 하나

애동백 붉은 귀 열고
아장아장 꽃핀다

　세상 바다 어딘가로부터 몰려와 남해 바닷가를 이룬 크고 작은 사연들이 해파에 자신을 맞추며 살아 내다보니 어느새 둥글어지기 시작했다.

　그런 바닷가 사람들처럼 늙고 둥근 삶의 모양새로 습기 찬 바닥을 딛고 굳건히 살아가는 몽돌들이 해풍을 이기기 위해 스스로를 위로하듯 밀려왔다 밀려가는 파도에 몸 맡긴 채 노래하고 있다.

　힘든 농번기 농요를 부르는 삶을 꾸려가던 농민처럼…. 그 곁을 지키던 애기동백꽃이 뛰어내리며 함께 구르고 있다. 남해 바닷가에서는.

미답

해골이 시간을 따루는 종탑 아래
병정모자 깃털처럼 목숨들 나부낀다
내 곁에 우두커니 남은 진부한 질문 속에

그 답에는 더 많은 오늘이 필요하지만
비쩍 마른 말들은 늘, 외롭거나 춥다고
밤잠을 태워가면서 긴 목을 주억인다

미로의 거미줄에 총총 맺힌 추측들로
나뭇가지 휘도록 붉은 예문 달아도
양들은 먼지 속으로 눈처럼 몰려갔다

시간 앞에서는 모든 목숨이 조아린다. 그게 왜냐고 묻는 건 진부하지만 우리는 늘 그 궁금증을 옆에 끼고 산다. 어쩌면 우리는 답이 없는 지역에 갇힌 존재일지도 모른다.

어떤 철학도 종교도 우리의 삶에 대해 확실한 추측을 할 뿐이다. 우리는 결국 눈처럼 우루루 뛰어다니다 사라질 연민 속의 존재들이라고 한다면 너무 니힐리티 한가?

그래서 이 시는 더욱더 인간적인 구도를 욕구하는 속셈을 품고 있다.

좁은 길

주어진 게 무엇이든
그것으로 살아내며

머물고 싶어서
길을 찾아 떠도는

조그만 새끼고양이
겨울 벽을 오른다

저녁 솥이 울린다
만종이 익는 소리

한 개비 성냥도 없는
그 길 배웅할 때

주름진 숟가락 위로
기도가 목 메인다

• 작가 노트

다친 아기 길냥이를 한동안 보호했다.

어디를 다니는지 한쪽 눈과 세 발로 돌아다녔다.

다치고 난 뒤로 사람과 냥이들을 무서워하더니 어느 날부터 밥 먹으러 오지 않았다.

그래도 아직까지 해질 무렵이면 그곳에 밥그릇을 갖다 둔다.

정이 들까 봐 냥이들을 잘 쳐다보지도 못하면서 살자고 살아보자고 밥그릇을 툭툭 치고는 석양 속에 내밀고 온다.

판화

빗길에 서 있는
연잎 보면 생각 나
내 귀에 속삭이던
물방울의 숨소리
하굣길 젖은 어깨를
감싸주던 그 우산

청보리 키 너머로
탱자꽃이 부풀 때
꼬리 긴 완행열차
아침 기적 불어대며
속살이 환한 개천을
둥글게 돌아갔다

양철문 옛집 벽엔
목이 긴 연잎 쓰고
여전히 빠진 이로
활짝 웃는 아이들

적막을 장식한 사진
거미줄에 감겨있다

• **작가 노트**

시간이 갈수록 가까운 기억보다 먼 기억이 또렷하다 한다.
내가 가진 기억도 마찬가지다.
어릴 적 마을과 친구들, 학교에서 집까지 오던 길에 있던 무궁화
울타리, 연잎 향, 넝쿨장미… 그런 수없는 가지들이 행복한 기억으로
아직도 또렷한 판화처럼 내 기억에 새겨져 있다.
좋은 기억은 늙지 않는 보물이다.

춤

불빛 고인 종이 위
원무에 빠진 벌레

원심력의 생애가
팽팽하게 부푼다

죽음이 풍선을 부는
시계바퀴 아래서,

• 작가 노트

　우리는 살기 위해 여러 일에 분주하다. 뭔가에 몰두하고 집중하고
집착하고, 그러다 생이 부풀어 터지는 풍선처럼 팽팽한데도 힘껏 삶을
굴린다. 가끔은 우리 삶의 끝에 무엇이 기다릴지도 생각하면서 살고
싶다.

등

나시족 모자 위로
지나간 바람처럼
돌이켜 세울 수 없는
당신의 등 뒤에서
무수한 상형문자로
흩어지는 저녁 새

• **작가 노트**

어두워지는 하늘 서쪽을 향해 아득히 날아가는 저녁 새를 바라보고
있으면 돌아선 당신의 등이 보인다. 삐뚤삐뚤 글자를 그리기도 하는
새의 뒷모습은 아름답고도 마음시리다.
붉게 지는 노을 속으로 사라지는 새는 운남의 소수민족인 나시족
여인의 모자에서 울리는 은방울처럼 차가우면서도 애틋하다.
새의 뒷모습은 자유롭다. 그러나 자유란 높고 귀해서 소중하고
처연한 뭔가를 지불해야 누릴 수 있다.

제로 세대

속 다 버린 늙은 나무 물관부만 남았다
푸른 이끼 담쟁이들 그 잔등에 집지어
태양과 그늘을 뭉쳐 솟을 탑이 되었다

죽음을 두들겨서 삶을 얹은 나무들
검은 구멍 살짝 덮는 넝쿨들과 손 잡고
눈비와 길을 터놓고 폭포를 따루었다

단물 빠진 껌처럼 옛날은 녹슬어도
단내 나던 묵은 꿈들 흙기와로 개어놓고
반나절 남은 언저리 개여울을 놓는다

• 작가 노트

끼인 세대라고 하는 세대가 있다.

50~60년대에 태어나 앞만 보고 살았으며 가족을 지켜내고 사회적 쇠뇌에 경도되어 자기희생을 당연시하며 살아온 낀 세대는 멋모르고 어려웠던 세대라 이를 두고 제로세대라 불러본다.

신세대와는 가치적 관념이 다르다 해서 심리적으로 소외된 세대라 해도 과언이 아니다. 이들로 인해 양 세대와 국가는 많은 것들을 얻었지만 이제 노인이 된 그들은 섬처럼 사회적 정서적 고립지대에 놓여 있다.

그러나 지금도 그들은 숨이 멎는 날까지 다음 세대를 위해 무엇이든 손을 잡으며 역사 속에 축을 이끌 사람들이다.

그러니 그들은 초 세대이므로 제로세대이다.

눈 오는 날

눈 내리던 옛 마을
울타리 눈꽃 피면
내 귓속 새하얗게
발자국이 쌓였네
오래전 서랍 속에 든
그 저녁 꺼내보면

모래등, 적산가옥
낚시대와 시냇물
처음 타본 자전거
옛사람 함께 듣던
사이먼, 가펑클 노래
엘피판 다시 도네

눈 오는 저녁이면
조그만 등불 아래
소설 한 권* 들고서
검은 테 안경을 쓴

먼 저녁 오솔길에 선
그 사람 혼자 보네

* 소설, 그립다 말을 할까

• 작가 노트

추억은 자신만의 종합예술 동영상이다.

거기에는 동화 같은 순수한 세계도 있고 음악도 있으며 판타지 같은
마법의 사진들도 무형으로 간직되어 있다.

게다가 추억은 자신만이 각색한 기념물이 소복하다. 특히
짝사랑으로 끝난 첫사랑에 대한 추억은 더욱 더….

병꽃나무 아래서

나 돌아와 금시당* 언덕
병꽃나무 아래서
밀양강 역류하는
연어 떼를 읽는다
은둔한 늙은 구름이
물속에서 환한 날

다초점 안경 너머
우거진 미로 사이
들꽃에겐 나비가
나무에겐 바람이
서로가 통로인 것을
이 길 다시 읽는다

• 작가 노트

늦봄에 귀향하여 금시당을 둘러보았다. 밀양강 절벽부에 세워진 서재이며 학당이다.

예부터 점필재 김종직을 비롯하여 영남의 큰선비들은 낙향한 후 자신의 남은 능력을 향토에 바쳤다.

사월 늦은 날, 병꽃나무꽃이 피고 질 때 나도 내 고향인 밀양으로 귀향했다. 일없이 집안에 꽂혀있었다. 잘 쉬었다. 이제 한없이 떠돌던 국외 생활을 멈추고 다시 어릴 적 터전에서 새 삶을 시작하려 한다.

밀양강에서 연어가 마침 발견되었다는 뉴스를 들었다. 힘차게 연어처럼 남은 삶을 여유롭게 뛰어보려 한다.

다시 병꽃처럼 후미진 비탈에서 나만의 아름다운 꽃을 꿈꾸려 한다.

차를 달이다

맹인이 읽는 바람
악보 따루는 소리

비와 구름을 모아
채워진 맑은 심지

오롯이 나를 데워 줄
빈집의 푸른 찻잔

• 작가 노트

　적막하고 고요한 때 홀로 차를 달이고 차를 따루는 소리는 시류에
어두운 맹인이 바람을 읽고 그 색을 읽어내는 것처럼 차를 통해 내가
내게 깊어진다.
　그것은 햇빛과 달과 별이 닿았으며 빗물에 씻기고 바람에 흘려 맑은
기운 하나가 새로 내게 돋아나는 순간이다.
　혼자 차를 따루는 시간은 내가 내게 간곡해지는 시간이다.

위로

푸른 사과 속에서 시간이 익어간다

한 세계가 떨어져 썩으면서 향이 된다

향기는 생이 도달할 완전한 마침표다

• 시작 노트

날 것의 푸른 것들이 성숙해지기 위해서는 떨구고 떨치기를 잘할 줄 알아야 한다. 사람의 내면세계도 경험과 배움들을 거치면서 버리고 구하고 완성이 되어간다.

상하면서, 상처가 나면서 성숙해지는 모과처럼 인생도 그러할지니 처음부터 완벽한 건 없다. 여기며 다가오는 쓴 나날도 기꺼이 수긍한다.

한 세계를 완성하기 좋은 게 인생이므로 꽃이 짐을 오히려 위로하고 싶다. 한 계단 더 높이 올라서는 일이니까 말이다.

그 창가 목이 긴 화병

긴 병에 구름이 넘쳐
그림자가 젖었네

월계꽃 붉은 관이
담 너머 향 올리면

발꿈치 가만히 들어
서풍이 감고 가네

옻나무 잎새에도
저녁이 화창하고

단발머리 들국화
노란 등을 내릴 때

강 저쪽 건너지 못한 불빛
목 놓아 흔들리네

• 작가 노트

절강성에는 9월부터 11월까지 천지가 월계꽃향기로 가득하다. 그렇게 향기로울수록 대비되어 빈 병처럼 허전한 마음에는 허무가 가득 차 있다.

그런 감정은 존재 스스로에 대한 회의를 갖게도 한다. 계속해서 이국의 모든 타자는 그래도 환한 표정으로 보이지만 타국에서 그리운 마음은 강을 건너지 못하고 강가에서 강물 위의 그림자로만 흔들리는 불빛으로 시적 투사가 된다.

이 시에는 이국에서의 외로움과 간곡한 그리움이 있다.

누드

고비사막 언덕에
빈 수레 누워있다

지팡이와
빈 물병과
썩지 않는 구름 옆

야광의 오아시스가
명사산을 비추는

• 작가 노트

사막은 갈증과 허무와 인내와 신기루의 범벅으로 신비롭다. 그러나
고비에도 비가 오면 풀이 나고 꽃과 생명이 살아간다. 어떤 환경에서도
생명은 있다.

그러므로 희망의 야광주를 사막은 품고 있는 셈이다. 그 희망이
바람에 울고 있는 사막산을 달랜다. 우릴 의지케 하는 인내의 지팡이와
생명수가 든 희망의 물병도 이 도시에도 있을 꼭 있으리라 믿어본다.

까치밥

노파의 곰방대가
오후를 태우는 날

나무 끝 떫은 구름
까치가 쪼고 있다

두터운 적막 한 그루
먼지 속에 나른한,

• 작가 노트

　노파의 인생이 일군 한 생애가 그녀의 곰방대 연기처럼 피어올라
구름이 되고 있다. 구름일 뿐인 생의 쾌적을 그것조차도 못 가져본
까치가 구하려하고 있다.
　무대의 극이 다 끝나고 노파가 피우는 한 대의 담배 연기처럼 생이
추수를 끝낸 지점에 멈춘 듯 흐르고 있다.

제 **4** 부

연붉은 날들

노을은 내 하루가 그리고 태운 낙서
지상에서 매일 받는 태양의 꽃 그림자
나에게 내가 한 약속, 한 다발의 발자국

도판에 눌러 찍은 뜨거운 호흡들은
꼬리 높이 흔들며 내 이마를 스치고
연붉은 시절 시절로 둥둥 구름 꿰었지

• 작가 노트

허무와 집착으로 날마다 받은 소중한 날들을 탕진했다. 꽃 같은
날이 모두 지나고서야 하루하루가 허무로 꿴 구슬이라는 걸 깨닫는
날이 있었다.

늙은 동화

벌거벗은 임금을
다신 볼 수 없는 지금
성자의 모자이크,
시궁쥐의 안방이나
바람과 창호지 사이
마주침과 잡담들

빈 괄호 채우려고
밤에 우는 고양이나
샛강이나 구두나
탕진한 촛농 흔적
갈대밭 이슬에 맺힌
먼지의 얼룩들만

• 작가 노트

순수하게 빛나는 시절이 있었다. 동화 속처럼 안 되는 것도 되는 것도 없던 시절이지만 맑고 환한 웃음을 매일 가질 수 있던 시절이 있었다.

그러나 늙어가면서 승화되기보다는 선함에 대한 변명이나 핑곗거리들이 무성했다. 결핍을 채우려고 고양이처럼 몰래 순식간에 작은 시간도, 일상의 흔적도 편리대로 지우고 변형했다. 겨우 이 늙음을 얻기 위해 그랬을까?

갈대밭 한 방울 이슬 같은 존재이면서 얼룩만 가득한 인생을 재배했을까? 나는,

다시, 봄

얼음 풀린 강에서 기차를 바라본다

이만 오천 볼트의 저 고압에 몸 실으면

눈부신 삼월 사이로 나는 네게 닿을까

사방은 흘러내린 모래무덤 황무지

안개가 늙은 봄을 부축하며 서 있다

매화꽃 온 힘을 다해 겨울을 건너온 날

모두가 소생하는 봄날, 빠르게 목적지로 달려가는 기차를 먼 발치서
바라본다. 만물이 봄단장을 하고 흥미로운 삶을 시작한다.

그러나 우리에게는 한 번 지나간 봄은 다시 오지 않는 계절이다.
봄이 와도 화자에게로는 오지 못할 어떤 막연한 그리움이 그래서 더
팽팽해진다. 얼마나 뜨거운 열정으로 당기면 새로운 봄에 가 닿을까
주문할 수 없는 봄을 상상한다. 기차가 지나간 흔적 위 아지랑이 피고,
지나간 봄이 되어 서 있다. 겨울을 건너온 아직 남은 매화 향기
아래서….

어둠의 흡반

솔잎이 내린다 상수리 귀밑으로
우연이라 믿었던 필연들 사이에서
우리가 놓친 것들이 공중을 부유한다

뜨겁게 구운 벽돌 늙은 담장 속에서
태양을 토해내는 해바라기 야윈 목이
바람에 긁힌 얼굴을 조금씩 수그린다

샛노란 머릿수건 햇빛에 바랜 가을
누군가 샛강에서 어둠을 투망한다
강물 속 젖은 세계가 안개 속에 어린다

• 작가 노트

침엽수와 활엽수가 있는 순리와 심연 깊은 시간 속에서 무심히 여기던 것들은 사실 필연인 운명이지만 존재의 가벼움 앞에서 운명도 낙엽처럼 가볍게 떠돌 뿐이다.

많은 이들이 살아 내기 위해 힘을 다해 경쟁하고 또는 담벼락도 쌓으며 욕망을 향해 길게 목을 늘여 바라보았지만 한때의 바람 앞에서 다들 시들고 다치기도 하며 자존심이 무너질 때를 경험하기도 한다.

존재는 스스로 퇴색하거나, 또는 누군가의 개입으로 상처를 입기도 한다. 그렇게 흐르다 인생의 사건들을 묶어두고 인간은 딱 혼자서 경험을 못한 첫 어둠을 맞게 된다.

이런 생을 누가 알고 비껴갈까? 심연보다 깊은 인간의 보이지 않는 운명을….

새를 위한 자장가

숲속 나무 바닥이 새를 막 잠재우네
차가운 깃털 아래 고요히 멎은 비상
폭풍 길 벼랑길일랑 꿈에선 돌아가렴

두 눈을 감았으니 무서움도 없으리
단잠 속을 비추던 햇빛도 언 겨울
싱싱한 은하에 누워 봄바람에 자거라

내 기도 솜을 넣어 별로 띄워 보내리니
길이 어두워지면 양탄자로 펼치렴
장미가 불러준 노래 추신으로 보낼게

• 시작 노트

지난밤 폭풍우 속에 또 둥지와 어린 새가 떨어졌다. 죽음을 본다는 건 언제나 낯설다.

본다는 것만으로도 이리 생경해서 슬픈데 정작 익숙했던 공간에서 낯선 세계로 옮겨가는 그 주체의 공포는 얼마나 클까 생각해본다.

더구나 태어난 지 얼마 못 된 생명이 혼자 떠나가는 건 더욱 애잔하다.

마당에 자꾸 무덤이 생긴다.

황금풍뎅이 무덤 이런저런 새들의 무덤… 그때마다 나는 자작곡의 노래를 불러주며 흙에다 묻어준다.

혼자 떠나야만 하는 건 죽음이니 참 외로운 길 중의 길이다.

장족

계곡의 찬 바람이 산 높이를 일러 줄 때
저 만년설 어디에도 얼룩의 흔적 없다
세월을 밍강 물결에 내려놓은 까닭이다

어떤 슬픈 연극에 끼워 넣은 웃음처럼
산마을 밥을 짓는 따뜻한 굴뚝 연기
이 빠진 부족의 술잔 속 해와 달로 기운다

• 작가 노트

이 시대의 소수로 산다는 건 야생의 동물을 연상케 하는 삶이다.
해서, 그들은 무리 지어 스스로를 보전하며 산다. 외부와 내부가
극명하게 갈라진 소수 인간은 우리 모두의 현재적 자화상이나 굳이
아무도 이를 인정치 않는다. 같은 인간이지만 떨어져 나가 사는 소수의
인간은 사회의 그늘진 곳에 있다.
동물은 같은 종족을 잡아먹지도 차별하지도 않는다. 인간이
동물보다 얼마나 인간을 향한 공동체 의식을 가지고 사랑의 힘을
나누며 살까 나는 희망은 회의적이다.

동경 360도

구름을 빗질해서
꿈길 뚫는 나팔꽃

집을 찾아 묘지를
뱅뱅 도는 목마름

서창에
미로 한 그루
속눈썹 다 젖도록

• 시작 노트

사람들은 실재하지도 않는 것들을 찾아 헤매는 유전자를 갖고 있다.
그것들은 늘 직립으로 서성인다.
허무를 향해 끊임없이 공을 들이고 그것들을 두고 떠들고 울고
웃고 상처를 주고받는다. 아무 데도 없는 집을 찾아 죽음의 행렬
속에서도 틈만 나면 꿈을 좇아 같은 행동을 반복한다. 알 수 없는
생사의 길에서 지치도록!

아리랑 밀양

오려 붙인 볕 아래
내가 구운 구름 집
아리고 쓰린 후에
마침내 핀 동지 꽃
언 길도 꿈에는 풀려
눈 뜨고 꿈꾸는 꽃

동짓달 꽃이련데
얼음보다 붉어야지
동문 위로 달 떴는데
쇠똥구리 불러낼까
언젠가 나였던 너도
남천을 건너오네

따뜻한 것들은 내가 만든 인위적인 노력이 준 대가이다. 허상뿐인 집도 정작 집착이 지은 공간이다.

그것들마저 아리고 쓰린 노력, 인내의 결과로 유지가 된다. 집이란 동짓달에 핀 반가운 꽃과 같은 것, 현실을 가장한 허상일 뿐이니 그러니 차가운 얼음 정도에 휘둘려선 안 되겠지만 집착할 이유도 사실 없다.

얼음보다 더 냉철한 이성이 가끔은 더 뜨겁게 인간을 세웠으면 한다.

구별 없이 온통 하나에서 비롯된 생명들이 집착 없이 이 시절을 함께 했으면 좋겠다.

알고리즘의 띠

잡담 끓어 넘치는 저녁 분수 아래엔
횡설수설 천치같이 꽃잎 다 져버린 창
그 창문 기웃거리며 껌을 씹는 네온들

천천히 끼어드는 한 다발 낯선 불빛
내 눈에 둥지 트고 앵무새를 부화하고
얼결에 미끼가 된 나는 새똥 속을 뒹굴고

의심 없는 메아리와 그 귀에 그 입술들
듣고 싶고 하고 싶은 말만 서로 나누며
자본의 경전을 펴고 노랗게 밑줄 치고

• 작가 노트

인터넷에서 무엇인가를 클릭하게 되면 덩굴처럼 주렁주렁 딸려 나오는 그 주제에 따른 테마가 화면을 잠식한다.

그건 연결인지 감염인지 구분이 되지도 않고 더욱 번진다.

단일한 주제의 무한 반복은 신경증적으로 덮쳐서 다른 네트워크의 연결을 수고롭게 한다.

그것은 인공지능의 상업적 폭력이다 우리는 골라서 듣고 읽고 다양한 논제와 정보를 접하는데 어려워진다.

바로 알고리즘의 바보 같은 메아리 때문이다.

모래 축제
— 크로노스의 아이들

어제는 꿈에 취해 오늘을 먹었고
배가 고픈 오늘은 내일을 탐식하네
바닷가 모래 조각은 미아들의 젖은 시

모래를 흘리며 해골시계 종을 치네
열두 걸음 옮길 동안 한사코 빈둥거렸네
반 켤레 구두 속에서 파도 소리 차갑네

• **작가 노트**

나에겐 시간이 없다 냄새도 없고 만질 수도 없지만 늘 역한 재촉을
해댔다. 내 벽에서 또각거리는 시계는 있으나 늘 시간이 고픈 내게
잉여의 시간은 없었다.
어리석은 시계가 내 몸에서 시간을 비워낸다. 텅 비어가는 내 시간의
곳간을 보면서도 나는 내 삶이라는 놀이를 요리하는데 집착해서
아무것도 모르고 지내왔다.
시간이 시간을 잡아먹는다. 해골의 행진이 내 길을 가득 메운다.
시계는 반을 기울여 내 시간을 따루어낸다. 이제 생의 반을 가지고
나는 또 신명 난 아이로 놀아볼 것이다.

물길

듣는가, 내 몸 깊이 흐르는 물소리
아무도 건너지 못한 바닥 모를 이 물길
사랑도 읽은 적 없는, 지저귀는 물소리

• 작가 노트

영혼에서 울리는 내 삶의 소리를 나 말고 누가 들을 수 있을까?
누가 내 깊은 심연의 강을 건너 내 고독한 영혼에 닿을 수 있을까?
사람들은 사랑을 말하지만, 사랑으로도 다가갈 수 없는 사람에게는
누구나 깊디깊은 고독의 심연이 있다.

아무도 없는 집

그는 내 팔다리에
안 보이는 줄을 달고
풍선 놀이, 연 놀이 듯
이리저리 당기고
장밋빛 조명 몇 장을
끔벅끔벅 넘기며

지루해진 그의 하품에
매단 줄이 녹슨다
벽에 붙은 화면 속
앙상한 그림자 춤
나 없이 내가 나자빠진
이 견고한 집에서,

나는 하나의 우주이자 한 채의 집이다.

나는 그 무엇으로 비롯되어 나고 살아간다.

그것이 운명이든 신의 지시이든 내 의지와는 무관하게 누군가의 놀음에 이리저리 흔들리며 존재하고 있다.

지겹고 하품 나는 생의 나날이다.

내가 주체가 되지 못한 채 나라는 집이 견고하게 유지되고 있는 것이다.

스릴러 같은 삶의 나날이 내 허락 없이 잘도 굴러간다.

진부해서 우습다. 지겹다, 제발.

C19

아무래도 떠날 수 없는 묶인 부표들
방주 없이 바다를 부유하는 낯선 섬
자본이 사체를 묻은 눈발 속에 언 새들

빌려 쓴 장난감이 고장 난 오늘 아침
벗은 돼지 무리와 벗은 사람*은 함께
세 든 집 무너진 담에 깜깜하게 갇혔다

* 김미루의 사진

● **작가 노트**

지금은 자업자득이라 말하지만, 이 자업자득이 다음 세대에게도
두고두고 물려줄 죄업이 될 것이 분명하다.

고성장, 묻지 마, 난개발의 탐욕이 부른 인재가 참혹한 질병을
일으킨다는 경고를 이번에 명확히 예고 받았다.

자연과 환경을 인간 생활과 분리해서 생각하는 착오가 없어야
살길이 있다.

옻

허약한 시간의 발굽 따라 걷다 보면
산바람이 비탈에 꽂아 놓은 오색 깃발
일찍 온 사춘기에 핀 여드럼 자국처럼

산에 죽은 혼령이 단풍으로 온 여름
찻물을 우려내듯 노랑빨강 몸을 푼
맹독도 목숨 한 가지 약인 듯 약 달인 듯

• 시작 노트

옻은 독이다. 아니다. 옻은 약이다. 아니다. 옻은 약이나 올리는 신의
장난기 가득한 손가락이다.

바보 집

잡놈

길은 모두 물에서 와 물이 되어 가느냐
발 오그린 낙엽의 부스시한 질문에
절집 앞 높다란 안개 불이문을 닫는다

예술가

네 목숨 갈증 끝에 매달린 별이더냐
붉은 종탑 이마에 방울지던 눈물 자국
물가에 무덤을 만든 청개구리 울던 집

전문가

몰락과 쇠퇴가 유행이 된 식탁에서
주전자 식은 구름 종이컵에 따루며
우느라, 사는 걸 잊은 매미 집이 마른다

바보가 되지 않고는 이 시대의 예술가로서 살기 어렵다. 그들은 엉뚱한 호기심을 잃어선 안 된다.

물가에 무덤을 짓는 자신만의 세계와 개성과 가치관이 분명한 그들, 그들은 자신의 세계에 몰입되어 보편적인 삶에 안주하는 그런 편승될 수 없는 삶을 살고 있다. 우느라 단 몇 나날을 즐겨 살 수 있는 삶조차도 포기한 매미처럼 말이다. 내 안에 버지니아 울프가 있고 모딜리아니가 있고 물주머니 달랑 하나 가진 집시 여자가 있다.

그럼에도 나는 또 따뜻한 고흐의 고독을 그리워한다.

나는 아직 나를 규정해본 적이 없다 늘 내가 낯설다.

루쉰*의 마을 · 2

이 정글의 우기에는 무쇠도 붉게 운다
타는 정글로 무성한 이끼들이 노목에 걸터앉아
기억의 골동품이나 주렁주렁 매단다

해골을 끌어안고 붉은 입술 비비는 새
제 불안의 무게로 저녁까지 흔든다
친숙한 중고차 소음 애잔한 메아리길

얼굴에 신문을 덮고 길이 뒹굴었다
진초록 그림자들 가려운 피부바깥
빗물도 출구를 잃고 웅덩이로 고인다

* 중국 문화 혁명기 『광인일기』 등

세상이 불타는 굴렁쇠로 이리저리 어지로울 때 우기에도 우리는 낮은 이끼가 되어 무섭지 않은 척하며 마을에서도 선배들을 둘러싸고 세상을 얘기하며 옛날이 좋았다고 해본다.

서로 골동품이나 되어가면서 자꾸만 낯설어가는 세상을 벗어나지도 못하면서 혀를 찬다.

자고 나면 새길 천지가 되어 기계음으로 가득 찬 나날에 익숙해야 한다는 광고를 듣고 산다.

다 함께 이 삶에 미치지 않고도 죽는 날까지 즐겨 노래하는 새처럼 살고 싶다.

삶이 숨겨놓은 웅덩이도 손잡고 지날 수 있는 옛 친구들과 함께….

사이비

그날 항아리에선 물감이 쏟아졌다
스위치를 눌러서 기적도 불러내고
계약직 정원사들은 가위질에 바빴다

항아리가 만물의 싱싱한 옹달샘일 때
숲은 우주에서 온 사원寺院들로 일렁이고
부풀어 둥근 무지개, 싹은 성큼 자랐다

이제 늙은 항아리엔 졸음이 들이찼다
성글어진 빈터는 바닥이 말라갔고
초롱꽃 꽃등 하나도 걸어 둘 데 없었다

두려움과 불안들이 엎드려 기도했다
기울어진 천막 속 초췌한 염원들로
우리는 벽돌공이들 천국을 쌓아갔다

참인 듯 자리를 꾸려놓고 세상을 현혹하는 가짜는 스스로 거기에 심취해서 제 스스로가 진짜라는 확신마저 갖는다.

해서 최소한의 양심마저 부재한 상태가 된다.

불타는 종교의 세상인 이 땅에는 미증유의 현실 속 불안을 낚아채어 내세라는 불특정한 세계를 미끼로 현재를 농락하는 가짜들이 거대한 집단세력이 되어 정치, 사회, 문화를 쥐락펴락한다.

내세의 나라에 벽돌 한 장 쌓으라며 조공을 바치게 종용하며 부초 같은 인생을 사는 사람들을 신앙 속에 가둔다.

기울어진 종교의 천막을 거둘 수 있는 길은, 그곳이 미완으로 사는 인간의 행복을 담보할 곳인지 의심할 수 있어야 한다.

행복 시술, 김치로 찍은 도판

막다른 슬픔이나
시퍼런 불안들은
립스틱을 칠하고
미소로 고정했어
손톱 밑 시린 고드름
비린내도 덮었지

가공된 웃음이란
화학적 장신구야
불멸을 삶고 쪄서
함박 피워 웃은 김치
순간의 렌즈에 담긴
애잔했던 분장술

• **작가 노트**

거울 속 부스시한 모습과 찍어둔 사진의 정돈 된 모습은 차이가
크다. 나만 그럴까?
앨범에 두면 누구라도 나를 볼 것이므로 좋은 이미지를 남기고
싶다. 그래서 더 기를 넣어서 사진에 찍힌다.
사진이 찍힐 때마다 행복하고 활달하고 얼굴색도 근육도
긍정적으로 준비해서 사진을 찍는 습관이 있다.
그 어느 날 누군가 나를 그렇게 기억해주길 바라면서…. 더구나
요즘은 사진을 보정하고 이미지를 변신해서 보관한다.
본래 내가, 만들어진 나를 나로 인정하기 어려운 사진 시술이
우습다.

그래도 섬꽃

고요한 빗줄기의 긴 기도가 흘렀다
귀 먼 돌담 가슴에도 금이 나고 피가 돌아
그 사이 둥지 튼 꿈이 그림자꽃 피웠다

모든 날은 연기처럼 올랐으나 사라지고
오려내고 덧칠한 기억의 지붕 아래
외딴 섬 여린 등불이 바람 속에 걸렸다

계절은 짱뚱어와 소금꽃을 불러내고
회백색 동굴 안 뿌리 없는 종유석처럼
얼굴을 가린 시간이 그래도에 흘렀다

• 작가 노트

한 세월을 꺾어 나라 밖을 떠돌았다. 그것도 이 세상을 살아가는 한 방편이므로 호기롭게 발을 뗐다.

그러나 돌아와 보니 짧지 않은 시간이 나를 지우고 나는 이 사회에서 잊혀져 있었다. 오랜 시간 다시 스스로 가두었다. 익숙하지 않은 바깥은 이국보다 더 낯선 두려움과 어설픔만 있었다 극복하려 애썼다.

침묵의 긴 기도로 나의 생활이 시작됐다. 다시 이곳에 있기 위하여 모두가 날 잊었어도 나는 나로 다시 살아 내야 하므로 힘을 다해 외롭고 답답함을 견뎠다.

망망대해의 작은 섬처럼, 모든 건 사라지기 위해 생겨나는 것이어서 내게 오는 크고 작은 파도를 맞았다. 계절은 오고 가는 것이므로 짠물에서도 소금꽃 필 때가 있을 터이므로 나는 살아 있고 시조 쓰기는 그래도, 내 동굴에 걸린 등불처럼 내 위안의 꽃이었다.

썰물

벗들이 떠난 빈방
푸른 화병 우두커니

목이 긴 그림자에
풀벌레 울음 샌다

하얀 귀 유리에 대고
달이 와서 듣는다

• 작가 노트

한국에서 많은 벗들이 찾아와 제법 긴 날을 함께 보냈다. 그러나
그들이 막상 한꺼번에 다 떠나던 날은 집안도 마음도 텅 비어
적막하기 짝이 없었다. 들 때는 몰라도 나갈 때는 그리운 것이 정이다.
　특히 이국에선 더 그런 듯하다 많은 이들이 외국 살이를 한다.
사연이야 모두 다르겠지만 그들의 용기와 특별한 애국심과 굳은
의지에 따뜻한 찬사를 보낸다.

시와소금 시인선 143

사랑은 주소 없이도 영원히 갈 집이다

ⓒ문희숙, 2022, printed in Seoul, Korea

초판 1쇄 인쇄 2022년 07월 15일
초판 1쇄 발행 2022년 07월 20일
지은이 문희숙
펴낸이 임세한
디자인 유재미 정지은

펴낸곳 시와소금
출판등록 2014년 1월 28일 제424호
발행처 강원 춘천시 충혼길20번길 4, 1층 (우-24436)
편집실 서울시 중구 퇴계로50길 43-7 (우-04618)
팩스겸용 (033)251-1195 / 휴대폰 010-5211-1195
이메일 sisogum@hanmail.net
ISBN 979-11-6325-046-3 03810

값 10,000원

* 이 책의 내용의 전부 또는 일부를 재사용하려면 반드시 저작권자와
  시와소금 양측의 동의를 받아야 합니다.
* 지은이와의 협의로 인지는 생략합니다.
* 잘못된 책은 교환해 드립니다.
* 이 책의 국립중앙도서관 출판도서목록(CIP)은 서지정보유통지원시스템
  홈페이지(http://seoji.nl.go.kr)와 국가자료공동목록시스템에서 이용하실 수
  있습니다.